# O Rato da Cidade e o Rato do Campo

AQUI NO CAMPO A VIDA É PACATA E SIMPLES. ANTES DE O SOL NASCER, O GALO ACORDA A TODOS:
— COCORICÓ! VAMOS ACORDAR, PESSOAL!
É AQUELA ANIMAÇÃO! "BOM DIA" PRA TODO LADO, UM CAFÉ NA CASA DO PORCO E UM BOLO DE FUBÁ NA CASA DA CABRA. NINGUÉM SE SENTE SOZINHO COM TANTA GENTE BOA POR PERTO.

PRA QUEM NÃO ME CONHECE, SOU APENAS UM RATO DO CAMPO, SEM NADA DE ESPECIAL. NASCI AQUI, VOU À ROÇA TODOS OS DIAS BUSCAR MILHO, TRIGO E AVEIA PRA COMER E, NA VOLTA, GOSTO DE PROSEAR, COM MEU COMPADRE E MINHA COMADRE, SOBRE O TEMPO, A COLHEITA, A VIDA AQUI, OS VIZINHOS... E, ASSIM, O DIA PASSA.

À NOITE, OLHO AS ESTRELAS NO CÉU E PENSO NOS ASTRONAUTAS VOANDO DE FOGUETE PELO ESPAÇO. LEMBRO DOS CIENTISTAS QUE PROCURAM VIDA EM OUTROS PLANETAS. MAS O QUE ME APERTA O CORAÇÃO É OLHAR PRA LUA. PORQUE ELA ESTÁ LÁ, SOZINHA NO CÉU, COMO MEU ÚNICO PRIMO, QUE MORA NA CIDADE GRANDE.

E NÃO É QUE HOJE CHEGOU MAIS UMA CARTA DELE ME CONVIDANDO PARA VISITÁ-LO? AH, ACHO QUE NÃO SIRVO PRA ISSO. GOSTO MESMO É DA ROÇA, DO SOSSEGO, DO ORVALHO DA MANHÃ. MAS, POR OUTRO LADO, A SAUDADE APERTA O PEITO. DÓI LÁ DENTRO E NOS FAZ COMETER ALGUMAS LOUCURAS, COMO A QUE VOU CONTAR AGORA.

— COCORICÓ! QUIQUIRIQUI! ACORDA, PESSOAL! TÁ NA HORA DE ESPANTAR A PREGUIÇA!

— BOM DIA, SEU GALO!

— ORA, ORA! MAS VOCÊ ACORDOU CEDO MESMO, HEIN?

— É QUE VOU PASSAR UNS DIAS NA CIDADE GRANDE! VOU MATAR A SAUDADE DO MEU PRIMO.

— MENINO, AONDE É QUE VOCÊ VAI? — PERGUNTOU A COMADRE, PEGANDO A CONVERSA PELA METADE.
— VOU PEGAR O TREM! MAS VOLTAREI LOGO!
E, ASSIM, COMEÇOU MINHA AVENTURA RUMO À CIDADE GRANDE.

— UAU! QUANTA GENTE! SÃO TANTOS PRÉDIOS E CARROS! MAS ONDE O MEU PRIMO MORA? ELE DISSE QUE ERA NUMA RUA SÓ DE CASAS.

MEUS PÉS DOÍAM DE TANTO ANDAR, QUANDO VI UM PORTÃO ENORME, CERCADO POR MUROS, QUE MAIS PARECIAM UMA FORTALEZA.

— COMO PASSAREI PRO LADO DE LÁ? — PENSEI. MAS COMO SOU UM RATO DE SORTE,

O PORTÃO SE ABRIU PARA UMA MADAME PASSAR E EU RAPIDAMENTE APROVEITEI PARA ENTRAR.
— AU, AU, AU! — LATIU O FEROZ CÃO DE GUARDA.
— CALMA, CALMA, MEU AMIGO. MAS, O QUE É ISSO? VOCÊ ESTÁ ACORRENTADO! — MAS ELE NÃO QUERIA PAPO, ACHO QUE ESTAVA TRISTE DEMAIS POR SER PRISIONEIRO. QUANDO PAROU DE LATIR E ROSNAR PARA MIM, AVANCEI...

LOGO QUE ENTREI, VI UM JARDIM DE FLORES COLORIDAS E CHEIROSAS! MAS FUI SURPREENDIDO:
— TEM RATO AQUI! — ALGUÉM GRITAVA.
VI UM PAPAGAIO EM SUA GAIOLA, E ERA ELE QUEM REPETIA "TEM RATO AQUI!". EU PRECISAVA FUGIR, ANTES QUE ALGUÉM OUVISSE A GRITARIA.

VI UMA RATA ENTRAR NA TOCA E BATI À PORTA, PROCURANDO PELO MEU PRIMO.

— VEIO AO LUGAR CERTO, MAS ELE ESTÁ TRABALHANDO. O SEU PRIMO DESARMA ARMADILHAS E SINALIZA CAMINHOS PARA QUE POSSAMOS ANDAR SEGUROS.

ARMADILHAS? SEGURANÇA? AQUELAS NÃO ERAM PALAVRAS TÍPICAS PARA UM RATO DO CAMPO.

QUANDO, ENFIM, O MEU PRIMO CHEGOU, NOS ABRAÇAMOS COMO NÃO FAZÍAMOS HÁ TEMPOS.
— CONTE AS NOVIDADES LÁ DO CAMPO, PRIMO.
— AH, TEM POUCA COISA: TEM CHOVIDO POUCO. O MILHO, O TRIGO E A AVEIA DÃO PRO GASTO. OS COMPADRES MANDAM LEMBRANÇAS. E TUDO CONTINUA NA SANTA PAZ.
— DEIXA EU MOSTRAR O SEU QUARTO. GOSTOU?

— UMA CAMA SÓ PARA MIM, E COM LENÇÓIS DE SEDA? É MUITO CHIQUE PARA UM RATO DO CAMPO, COMO EU. QUE BELEZURA!

— VENHA COMIGO QUE AINDA NÃO ACABARAM AS SURPRESAS. QUERO QUE SE SINTA COMO UM REI!

FIQUEI DESLUMBRADO COM TANTO CONFORTO, E COM O LUXO DO BANQUETE. OS PRATOS FORAM POSTOS SOBRE UM TAPETE PERSA. NÃO FALTAVA NADA: LÁ ESTAVAM OS MELHORES QUEIJOS E OUTRAS DELÍCIAS.

— COMA O QUE QUISER! A COMIDA AQUI NA CIDADE É MUITA E FARTA — DISSE ELE.

E, QUANDO ESTÁVAMOS NO MELHOR DA FESTA... ZÁS! CRÁS! BUM!

FOMOS SURPREENDIDOS PELO COZINHEIRO, QUE ABRIU A PORTA E NOS PERSEGUIU A VASSOURADAS. MEU PRIMO DISPAROU PARA UM LADO, E EU PARA OUTRO. FOI AQUELA CONFUSÃO ATÉ CONSEGUIRMOS NOS ESCONDER.

DEPOIS, O MEU PRIMO TENTOU ME ACALMAR:
— VAMOS CONTINUAR NOSSO BANQUETE?
— ESSE PERIGO É FREQUENTE POR AQUI?
— SIM, MAS NÓS ESTAMOS SEMPRE ATENTOS.
— PRIMO, VOU VOLTAR PARA O CAMPO. LÁ NÃO TEM NADA PARA TEMER. E, ASSIM, VOLTEI AO INTERIOR. AFINAL, LÁ EU COMO EM PAZ E VIVO SEM PERIGOS E SOBRESSALTOS.